我 和 那 個 叫 貓 的 少 年 睡 過 了

馬尼尼為

著

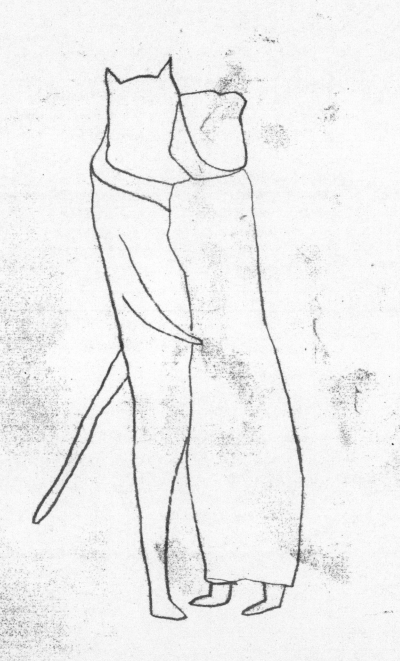

序

詩的空間   知名作家、學者 黃錦樹

這兩年馬尼尼為頻密接連出了好幾本書，成書之速，在旅台作
者中並不多見。繪本、童書、插畫，都得力於美術系的專業訓
練。但她對文字看來也相當熱中。自 2013 年《帶著你的雜質發
亮》以來，她為自己開啓的路徑也和其他寫作人不同，建構了
一個具相當高辨識度的暗黑家庭劇場，帶有風格意味。一直到
《我們明天再說話》（南方家園，2017）、《沒有大路》（啓
明出版，2018），文字、詩意彷彿是用恨來餵養的。《我們明
天再說話》迴響著「你父親已經死了去參加他的葬禮吧」，《沒
有大路》的切齒之言：「我對我先生的恨是十鋤方休。十針見
血。」「我還要寫他被嵌進牆上。一輩子動彈不得。」那樣的
恨意，當然令人不安，即便是出於風格或寫作策略的考量。

這本《我和那個叫貓的少年睡過了》的後記藉孩子的視角說的
話「要是不寫詩的話，他會是個正常的媽媽」多少透露了些許
訊息。還好，對於擔心恨意是否能做為寫作之長遠動力的讀者，
這本《睡過了》有一些有趣的調整。就如這後記所採取的策略，
孩童視角（從兒子的立場仰視，或旁觀寫作的母親），也是以
小孩為預設讀者的繪本必須採取的視角。《睡過了》的第二首
〈我的爸爸媽媽都不是很幸福〉就是這樣的例子。或直接寫母
子之間的互動，如〈沒有媽媽的歌〉、〈母親來接我了〉之類的。
那究竟還是母愛的視角，畢竟，「孩童觀點」也是一種技術上
的虛擬。

這本詩集的主題依然圍繞著貓，孩子，瑣碎的家庭生活，寫作。
馬尼偏好大白話而不是以精緻雕琢的意象、隱喻，或優美的節
奏音色來構建詩篇，與其說有時更接近散文，不如說接近日常
生活的話語。那樣的取徑，文字的冗餘是常見的風險。

姿態上，馬尼仍一貫的維持一種世故、反骨的姿態，自嘲、挖
苦自己的存在方式 —— 甚至寫詩這回事，如〈我在這裡假裝這
樣很好〉：

我在這裡假裝這樣很好。
反抗出版社。
反抗假的希望。假的讚美。
假的憎恨。假的索引。
惡魔的光環。銀色花圈。
假裝沒有近視。假裝很愛小孩。
假裝很有母愛。假裝很賢慧。
會寫詩還多才多藝。

假的，假裝的，那一切一切都是日常生活的自我表演，包括寫詩在內。但有時，寫詩和生活是衝突的，如〈我知道你現在沒有寫詩了〉道出的 —— 敘述者把故事裡主人公曾經有詩而今「沒有詩」，直接歸咎於生活對女性（有孩子的職業婦女）的擠壓。反諷的是，馬尼把那讓詩不可能的困境本身直接表述為「詩」：

我知道你現在沒有寫詩了。你成名太早。
再加上你生了小孩。還要上班。
下班回家很累要顧小孩要分擔家事。
週末要帶小孩出去玩要去買菜做飯。
這樣的生活裡容不下詩你說。這樣的生活只容得下吃飯睡覺。

於是，順理成章的，

現在沒有寫詩不是你的錯。有小孩沒有詩只有屎。

詩和屎（而不是更富學術意味的史）的並置，二者間的可替換性，強化了風格化的怨怒。類似的例子還有〈厭倦本身是適合所有人的〉，但這一首已試著克服抱怨，而結以「漫漫荒草。厭倦已被斬草除根 / 我開始朗讀，不再厭倦的朗讀。」朗讀，還是寫作的生活的一部分。

然而在某些詩作裡，還是可以看到作者嘗試一些比較講究的技巧，如〈聖誕樹亮了一點點〉中不斷重複的「一點點」，既像

點畫法那樣著色，又擬仿聖誕燈的明亮閃爍，讓整首詩處處童趣的亮點。〈我從來沒有讀懂你的詩〉則運用意象的變位交換，從一物過渡到另一物，不乏超現實的意味。「貓的身體粘了一朵橙色的花」變化為「穿起花色的衣服」再變化為「血流出海成了一隻貓」，雖然不知血從何而來，但它是個新元素，構成了貓（的形象），而且從固態轉為液態，「打在船身上到處都是花」，血色水花。整個過程像一幅畫的完成。

〈把童年溺死在抽屜裡〉有如下的句子：

把童年溺死在抽屜裡
還有我的父親我的先生
把貓放進抽屜裡
變成方形的床
把自己縮小
安穩地睡在裡面

用一種轉換的技巧，以動詞「溺死」為「抽屜」增加一種致死的水意與深度；「我的父親我的先生」與被「溺死」的「童年」同位，但隨著下一個句子「把貓放進抽屜裡／變成方形的床」帶著死亡氣息的水意卻又悄悄被抽乾，逆轉為安樂窩，一種詩意的收藏。從而把標題「把童年溺死在抽屜裡」的黑暗意味也逆轉掉了，反而帶著一種童話的安適感，雖然不無逃避的意味。

集子中最「思無邪」的，可能是〈姐姐的空房子〉：

空的屋簷上有鳥糞
空的牆上有壁虎
外面有青蛙大聲唱
唱了三百六十天
野草和野貓說
芒果成熟了
落了滿地厚厚的葉
落葉下有一條通道
通去蚊子的家
從這裡飛去那裡

蚊子問蜘蛛
你會寫詩嗎
我寫在一張空的椅子上
寫在一張空的床上
把詩都寫好了

童話語調、繪本視角和詩的活動，都連接在一塊了。它如繪本
那樣鮮明的畫面展開，〈姐姐的空房子〉裡沒有姐姐，甚至沒
有房子（的整體），它似乎徹底的「空」了。詩篇第一節展示
兩個空房子的局部，「空的屋簷」、「空的牆」，鳥糞意指有
鳥棲。壁虎很會爬牆也很會拉屎，壁虎屎也易於辨識。壁虎和
青蛙都是蚊子的天敵。青蛙在空房子的外部，愛潮濕，愛雨季，
以叫聲顯示它們的存在，尤其是交配的季節。三百六十天是人
的觀點，點出那地方其實沒有四季；野草和野貓對芒果成熟與
否都不會感興趣，那還是從人的角度觀看。芒果成熟，為空房
子增添一股濃烈的香氣，狂野的印度香。

滿地落葉應屬空房子的內部的外部，牆內（即便是廊外，否則
沒意義），蚊子問（它的獵食者）蜘蛛，你會寫詩嗎？那隻蜘
蛛多半吃飽了，或看不上蚊子這太小太不起眼的獵物。最後三
句應是蜘蛛的答覆，而不是蚊子的自問自答。蜘蛛網有一種天
然的詩意，不論是哪一個種類的蜘蛛織的。它總是顯得精巧，
神秘，完成得毫不費力，純依靠本能。

有蛛網的空椅，久無人坐；有蛛網的空床，久無人睡。那是留
給詩的空間，就像那個「把童年溺死」的無害的抽屜。

———————————— 2018.12.18

目　錄　　序：詩的空間　黃錦樹

不會說甜蜜的話沒有關係
換掉了貓砂　就可以繼續活著

我為我的貓寫了一百首詩

我為我的貓寫了一百首詩。這樣我家裡才有天堂。我的靈魂和那隻貓住在一起了。那裡有天使。有母親。有毛。她把我包起來。像包水果那樣繫了一個可鬆開的蝴蝶結。我們不做聖誕樹。我發亮的星星在貓的瞳孔裡。兩個。讓我提醒你。這叫好事這叫成功。我的名字不用寶石做。已經鑲在她的黑玻璃眼珠裡。我們很快就回去了。回到口袋裡。回到那間新的用毛蓋成的房子。不需要床不需要房間。我不會走。不會求助。就算我長出兩個夜晚三個夜晚生出怪孩子。

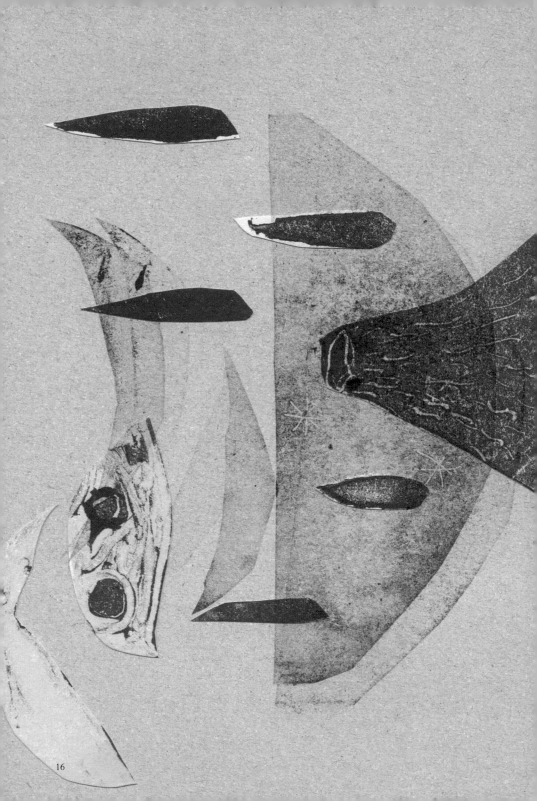

我的爸爸媽媽都不是很幸福

我的爸爸媽媽都不是很幸福
所以我每天問美美*很多問題問她的鼻孔她的裂唇她的肚臍
所有浪費掉的時間可以拿去蓋巴黎鐵塔了
那是我的貓我的骨頭我的垃圾時間
把她餵飽把孤獨餵飽
把多餘的詩擠走看看這樣會不會比較幸福

那令人衰弱的幸福在補襪子的洞
在摸索我粗厚的腳底板在假裝忙碌
發亮的幸福在行李上在車上在窗口辦妥手續好像要出國
指尖的小硬塊幸福推擠而過　剛剛和我的骨頭吵了一架
那雙幸福的腿很容易疲倦　長肉　長毛

要幸福要刪掉要空行要標示的地方很多
你總有一天要犯錯　要拍拍手
要花點力氣微笑
要接住神射過來的箭
要輪到你被太陽摟在懷裡
讓彎腰慶祝的　你咳著嗽入冬

* 作者愛貓，毛色雜亂之三花。

去忘記醫生說的話

我用了一點藥。讓世界由白變黑。
我媽媽給我的那塊糖已經融化。
我想和這隻狗談談。
我夢見我在展場挖沙。
夢見騎到終點輪胎漏氣。

我想和這隻狗談談。
我用了一點藥。正滿頭大汗。
那塊糖已經完全融化。今晚有月亮。
那塊糖正消散在月亮裡。月亮正變得紅腫發疼。

和那隻狗談完後。
我有一支筆。一個垃圾桶。
去拉一條線。去喜歡簡短的山坡。
去忘記醫生說的話。

聖誕樹亮了一點點

兩棵聖誕樹。我們一起把蝴蝶結糖果放上去。

放幾條乾淨的線。幾根被迫噤聲的乾草。

兩棵聖誕樹。不用相信你有一份好工作。一雙好兒女。

也不用環遊世界。不用買車買房。

兩棵聖誕樹。一棵要死了。不用流一把淚。

不用留下來太久。像肥皂那樣有一點點圓潤。

一點點香味。一點點海。

兩棵聖誕樹。飛下來一點點。一點點紅。

等了一點點。給你耳朵一點點甜。給你眼睛一點點亮。

一點點被填平的洞。一點點母親。

一點點廚房。一點點狗吠聲。

一點點。風只有一點點。燈只有一點點。

聖誕樹亮了一點點。

不會說甜蜜的話沒有關係

我會寫信回來給你
寫吸滿了雨水的眼珠是藍色的
可以把強光都反彈回去
寫吸滿了雷聲的耳朵
可以把你父親的暴力都含在嘴裡生吞下去
寫我抱過貓　這樣的話光不會消失
寫這條路我第一次走　走不好沒有關係
不會說甜蜜的話沒有關係　沒有人幫你沒有關係
你的父親已經潰爛好像他已被那些順從的人坐滿了肉身
不會說甜蜜的話沒有關係
換掉了貓砂　就可以繼續活著

送 我 貓 砂

送我貓砂
他們挖到了貓砂
那樣蓬勃滴落的
貓砂
那被刺了一個洞的
貓砂的盛年
那貓砂正在覆蓋世界
正在騎馬奔向遠方

送我貓砂
那是我的必需品
我全靠貓給我的自由
靠貓給我的銷毀
靠這個銷毀婚戒
靠這個比平常更大聲地膜拜

送我貓砂
趁我們還被牢牢記住
牢牢牽住牢牢地被天使擁抱
趁我們還順從母親順從先生順從孩子
送我貓砂讓我可以用丟棄的貓砂砌一座城

我和那個叫貓的少年睡過了

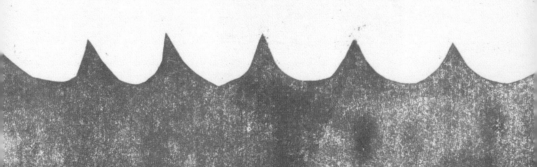

我和那個叫貓的少年睡過了　　　　我和那個叫貓的少年睡過了
我用棕櫚葉編織成床　　　　　　　睡了九百天
只有貓毛　　　　　　　　　　　　我煮白飯　手沾油墨洗不乾淨
我們準備了明天的菜　　　　　　　我們聊南風與沙土
我問他有小孩嗎　　　　　　　　　聊離開那裡
我猜他要的生活他要的河
他溫柔地慢慢切割　　　　　　　　我後來去了貓少年的肚子
星期二星期四八月九月　　　　　　他常常躲在床底下
　　　　　　　　　　　　　　　　我們唱了一首兒歌
　　　　　　　　　　　　　　　　唱著唱著就睡著了

我和那個叫貓的少年睡過了
他舔毛舔了三十分鐘
邊流出乳汁
我吸著吸著就睡著了

我和那個叫貓的少年睡過了
因爲我一天要丟兩次尿布
一次是夜尿一次是拉屎
於是我拿箭射了那挺著肚子驕傲的孕婦

我和那個叫貓的少年睡過了
不要再問我他是誰
我和他睡了
所以我熟練地操作滾筒油墨

我和那個叫貓的少年睡過了
我們睡在地板
所有的骨頭都沉入地板
我們的肉軟軟地變成風

我們騎上地板到天上去了
我們騎上風變成狗跑走了

我們不傷害別人
我們不生小孩
我們一起睡

不要管我和叫貓的少年
我們要手牽手渡七條河
水深及腰的寬大的河
我們不換衣服沒有退路

七條河後我們同樣疲倦
住進詩人旅館

讓你的夢給貓讀一遍
那樣手變得強大　眼力變深邃
讓你的夢至少有一張照片
當他們在拆毀你的房間　搬走十二個太陽

讓你的夢給貓讀一遍

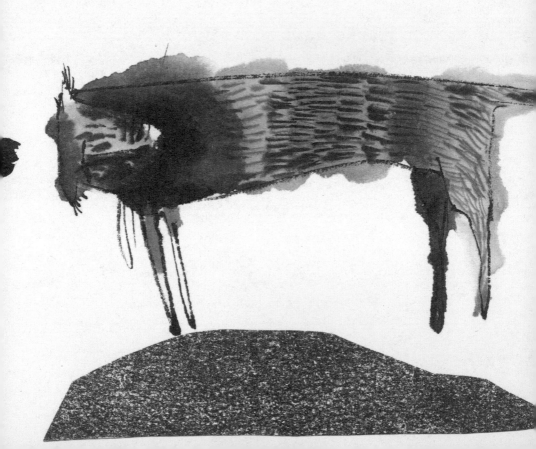

你自己擦到了自己
擦到星星點點的漆　擦到剪刀
你自己嫌惡了那些釘子
你自己悄悄地拔掉　外面的寒風或許已經消失

讓你的夢給貓讀一遍
那樣手變得強大　眼力變深邃
讓你的夢至少有一張照片
當他們在拆毀你的房間　搬走十二個太陽

發亮的聖誕樹會從書店裡走出來
每顆燈都化成一隻貓
神會陪你坐一個晚上樹上會長出黎明
黎明會長出圓圓的兩個月亮
兩個太陽

好好跟貓睡一場覺

我今天決定睡覺
決定穿上跟貓一樣的睡衣
趁雙腳還沒變硬
讓貓毛掩埋
在貓臭味中睡去
摟著你的毛大衣
吸進你的毛一根一根
趁春天還沒變硬
母愛還沒變硬
鐵絲網
還沒一個個變黑
痛痛快快被沙埋了雙手
趁神還沒騎馬來收屍時
好好跟貓睡一場覺

黃 色 氧 氣 筒

我想要你眼睛的黃色氧氣筒
你眼睛的黃色玻璃
我要和你無聲的笑意結婚
我們的新房子在你的三角形耳朵
我躲在裡面吸你的黃色氧氣筒
坐在你耳洞的沙發上
跨在你肩膀上
從這個黃色氧氣筒
睡在你的毛髮大床
要到了世界上沒有的溫暖

跟我說一些幸福的事

跟我說一些幸福的事
說你的手　說你自己
說你喜歡吃罐頭　說你喜歡睡覺
說你會記得我　說你不會離開我
說你怎樣被你媽媽拋棄　說你媽媽怎樣不喜歡你
說你怎樣舔自己的毛　怎樣舔自己的屁眼
那些幸福的事　就是幸福的事
那些不幸的事　也是幸福的事
那些幸福就是長在你身上的毛
是睡在人的大床上
是大便在洗手枱裡
跟我說一些幸福的事
我需要一些幸福的事
我需要一些幸福來忘記
需要一些幸福才能醒來
這些幸福的事　不管幸不幸福
我只需要你跟我說一些
說一些好像是幸福的事　好像是不幸的事
因為我需要
我需要一些幸福來忘記　需要一些幸福才能醒來
不管是動物的幸福　還是人的幸福
幸福的事不會改變命運　不幸的事也不會改變命運
我只是現在需要你跟我說一些幸福的事
需要你的毛　需要你的肉體
需要你跟我說　隨便什麼都好
因為你是一個幸福的人　你身上都是幸福的事
我需要你跟我說一些幸福的事
說你身為一隻貓的幸福　說那些人類不懂的幸福
說你的眼睛如何睜開　說你的鬍鬚如何長長
說你的毛如何長出不同的顏色
說你舔毛的幸福　說你一身毛的幸福
而幸不幸福最後只是一句廢話
就算是這樣　我還是需要你跟我說一些幸福的事
這是哪裡也找不到的幸福

愛貓美美

美美你真醜令我分心
你身上縫著一條條的橘色蕾絲
芭蕾舞鞋　還有紳士皮衣
每天拉屎沉睡慶祝生日
用口水洗澡　不用花力氣微笑
你身上滿空星斗　漫漫黃沙
是神繡出來的沮喪
比泥漿還醜
卻比什麼都要美

和你的毛一起睡完此生

男人不在的夜晚
和你的毛一起睡完此生

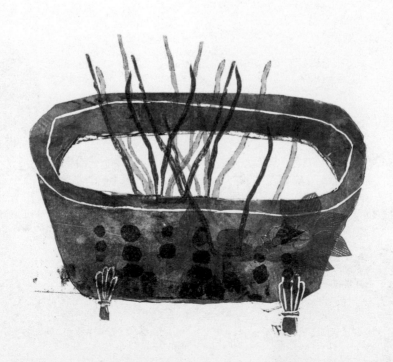

我每天跟神睡在一起

我每天跟神睡在一起
從早上到晚上
心臟沒有被打洞
手腳也沒有擦傷流血
從早上到晚上
目光清醒　鼻子有神
只要可以跟神睡在一起　沒有任何不滿
那張神的床原來是洗澡間
她來了就變成了皇宮秘室

我每天跟神睡在一起
流落街頭
一次又一次被人看不起
從早上到晚上
被丟了很多炸彈
讓自己被照得透亮

你年幼的喘息不要打斷我
讓我每天跟神睡在一起
讓神的臭味在床上等我

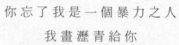

你忘了我是一個暴力之人

我畫瀝青給你

你憑什麼不用我的詩

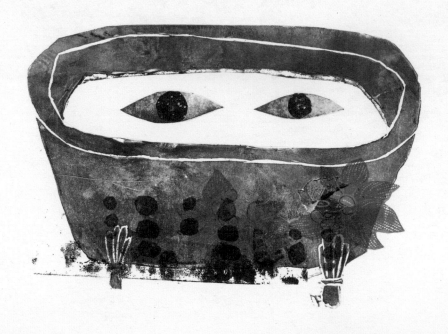

48

你憑什麼不用我的詩
把你縫進貓的肚子裡
你忘了我是一個暴力之人
我畫瀝青給你
這是我的眼睛　兩隻眼睛
我近視的眼睛　是我煮焦的鍋子
我剪掉的頭髮
我砍倒的櫻桃樹

你憑什麼不用我的詩
你不過有幸佔了張辦公室椅子
我不是猴子　不是公雞
不會雜耍也不會叫
我只是把房間打掃乾淨　你不讓我睡
我只有挖土機　只有鋪滾燙的瀝青
只有自己洗頭　自己吹乾

不用摸我的頭　不用摸我的詩
我已經在遠處閒晃
在遠處砍柴　正要生火

厭倦本身是適合所有人的

哪一天我會厭倦在陌生人面前朗讀。當座位上不再有你殷切的眼光。
沒錯我厭倦過自己的母親自己的孩子自己的先生。我都厭倦過了。
還有什麼不能厭倦的。還有什麼不能說出口的。
我就在這裡厭倦。就在這裡養貓。
夏天已經離開厭倦。厭倦也離開了夏天。
總之一切不用假裝。因爲厭倦本身是適合所有人的。

因爲我厭倦過母親。也厭倦過孩子。
這中年的厭倦讓我就在這裡養貓。
不用說出口的厭倦是適合所有人的。
總之你不用再假裝客氣。你割去了子宮。你可以生氣。
你先生很壞你可以罵他。你不用一個人關在床上啜泣。

但我沒有厭倦過貓或狗。
因爲這樣，我被別人罵。我懷疑我自己。
毛孩不會令人厭倦。所以我在這裡養貓。
我把他抱起來摸著他的毛。我變得聰明。
聰明的不再厭倦。就算一無是處也不再厭倦。

哪一天我在陌生人面前朗讀不再厭倦。就算座位上沒有了你。
就算一個人也沒有。那裡面的厭倦已經空無一物。
漫漫荒草。厭倦已被斬草除根。
我開始朗讀。不再厭倦的朗讀。

我没有好好讀你的詩

我没有好好讀你的詩　因爲我夢中從來没有書房
你是一個好命的人才會有夢中書房這種東西
你肯定是患了文青病
我不會在夢中有那些想像　或想像有那樣的夢
當然我也是患了文青病才會看你的詩集
或是相信了誰的話以爲可以得到某種啓發
老實說談夢已經過時了
這些談夢的詩早已被稱讚過被刊登過被印刷過上千次
不知道那些愛情是不是早已成了灰燼
那些花園是不是已經成爲廢墟
那些旅人已經成爲子女房貸的奴隸
寫到這裡我還是没有書房　連房子也没有
你不用笑我還没醒來　我只是没有把夢寫出來
我的書房比你大　它在貓的肚子裡
被溫暖的毛緊緊包裹著

我喜歡你的黑夜不必要通往黎明：讀周云蓬

我喜歡你的黑夜不通向黎明　通往靜默一生的人
通往單數的自己
通往口琴全黑的八個孔

我喜歡你那專注的一點一滴的雨
把地板刷白的蟋蟀
還有你四面牆上的愛情與空行
還有你的影子也需要一個床位

看你的書我想要蚊子那件抗凍的軍大衣
可以嗡嗡嗡地在冬天吸血
看你的書我想看春天責備你的樣子
而不管開不開花
我們都一樣朽爛

你有一所三十五年沒看過顏色的黑房
你說的連黑也沒有　白茫茫的晨光與夜晚
你失明的眼珠　撞見老虎獅子貓頭鷹
世界不好還是一本正經地歌唱
長久的心不在焉　長久的刺痛
都可以被你痊癒
跟你一樣搖著尾巴回到生活之中
等雨停了出去買酒

（劃線字為周云蓬用字）

55

我去樓下寫詩

我去樓下寫詩。你不要再拼命講話了。
也不用拼命假裝自己很忙。
我去樓下寫詩。這件事無足輕重。
是我個人的愚行。是我對母親的傷害。
我說過了我會幫你打掃。不是在一大早。

我去樓下寫詩。不要再吵我了。
請不要毀掉我有翅膀的生活。
咖啡黑色的汁液已經淋在我腦幹上。
那就這樣。我會幫你打掃。不是現在。
在我睡著之前。我都要這樣抬頭挺胸。

頭骨染紅風晚讓

58

不要像蜘蛛那樣安靜地鋤地
不要被針扎了一個洞默不作聲
紅色的磚塊很容易被打碎
那是枝條綁成的十字架
馬上就會鬆脫
那是春天綠葉用粉筆畫的白色道路
馬上就會被雨水洗掉
你怎麼能夠不反抗
洗衣籃每兩天就要洗一次
你父親那被髒話泡黑的嘴
把他放在野獸的嘴巴
被輕輕咬著
那滿滿的蝌蚪終將長出雙腿
跳向他潰爛的嘴
我願意關門
像黃昏一樣坐著
讓晚風染紅骨頭

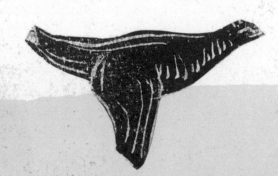

我養的狗，叫男人
　── 向余秀華致敬

我養的狗半夜喘的時候
你可以拿水去潑他

我養的狗半夜口渴的時候
你可以拿酒給他喝

我養的狗在叫的時候
孩子被嚇哭

要養狗的話
要忍受他的叫聲
還要煮肉給他吃

我養的狗分不清稗子與麥
分不清嬰兒與酒瓶

如果你遇上了我養的狗
不要舉起鐮刀
不要切到手

我不忍心吃兔子
不忍心罵我養的狗
我走過農地的時候
跟你一樣會跌倒
我養的狗會對我狂叫
不會幫我舔血

我養的狗已經死了
你養的狗一定比他好看

假設我讀過了一間書店

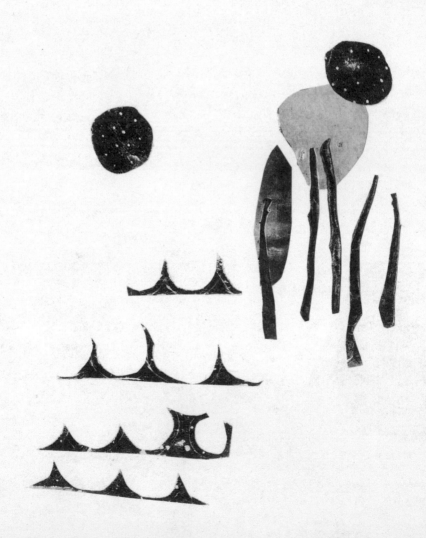

太陽還在爲你發光
很多年後還在爲你發光
要你大大的眼睛摸黑走出來
要你哭紅的眼睛好好洗洗臉
母親洗衣服的太陽在發光曬衣服的太陽在發光煮飯的太陽在發光
你睡著時的太陽在發光
無精打采的太陽也都還要爲你發光
等你把光帶回自己的房間自己的身體自己的心
等你把光穿起來　開門走出去

願女人有眼有珠

願貓有九個乳頭。
願貓坐著變成沙發。
願貓曬成一條線的眼睛。
抬起我命苦的姑姑。
願貓與主人同睡一床。
願老玻璃的狗。願狗都找到家。
願雨慷慨。
願女人不要長出白髮。
不要長出腫瘤。
願腫瘤長在屋頂。淹沒屋頂。
願風把男人刮走。
世界才有明天。
願女人有眼有珠。
有糧有食有書有光芒萬丈。

他傷害鳥的樹。傷害山的回聲。
他掀開裙子。的臉和身體。

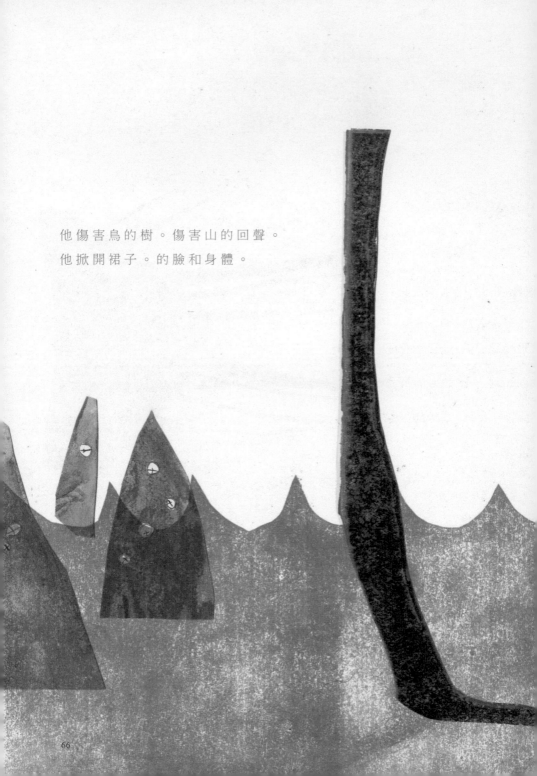

兒子叫我去煮飯

兒子叫我快去給他煮飯我像神經病一樣在抱貓聞貓的臭騷味
兒子叫我給他買玩具我說我不買玩具我沒有錢買玩具錢不是用來買玩具
在貓的睡夢中我細細地幫牠剪了指甲幫牠梳好頭髮
洗了一桶一桶的衣服孩子要我幫他搭一個帳篷
我不是愛心樹 * 我的枝葉不為你而熱情搖晃顫抖
不給你果實當然也不會把樹幹整個給你
你小時候是一隻魚住在媽媽的肚子裡
現在這個大門口　這隻魚要游出去
不要再叫我陪你玩叫我陪你睡
不要打斷我的嘮叨打斷我的句子
我抱貓抱十萬次　也抱你十萬次
這樣沒有問題　有的話是神的問題

* Shel Silverstein，*The Giving Tree*《愛心樹》

活著請讓牠好好活著

不要買狗
不要買乾乾淨淨有出身證明的狗
不要打牠
不要讓牠因恐懼而聽話
不要把牠關起來
因為沒有人喜歡籠子
活著請讓牠好好活著
活著請讓牠好好看你
活著請讓牠好好睡覺
因為你也想活著
你也想好好活著
你也想好好睡覺

不要買狗
不要打狗
不要把牠關起來
不要討厭牠
如果你很忙還是可以養狗
如果你有小孩還是可以養狗
你可能不太愛牠嫌牠煩
嫌牠吵嫌牠臭
這些永遠不是放棄的理由
就像你初次掉到這世界時一樣

不要放棄狗
不要欺侮狗
因為牠活著
活著請讓牠好好活著

剪刀不能放錯地方

剪刀不能放錯地方。母親這樣寫給我。
永遠不會再寫信了。拿起剪刀時我這樣想。

當剪刀來的時候。我會把頭髮剪掉的。
靠著掉下來的頭髮。去看死掉的地方。

拿著剪刀進入房間。我想就直接穿上去。
我討厭被澆水。被講話。被張開嘴巴。

剪刀想開口說話。剪刀剪了一千公里的路。
沒有人鼓掌。沒有人問它。

活過今天明天出國

我們都躺在同一張床上。看我一把鐮刀。小孩應該走開。
藍色耳朵十一點。關門請小聲。
十一點半夜放炮。有狗跑來。鐵門要關好。
你的手不要作夢。你笨你不會玩遊戲。
不會再有孩子走進你的房間。
就算這樣。你活得過今天的。
你缺少父愛被罰站。你小時候老是被罵。
活過今天明天出國。活過今天明天憎恨。
活過轉運明天上岸。

monday.

tuesday

wednesd

thursday

friday

s   rday

我還是躲在狗的後面

我没空理那個孩子。我的肩膀在痛。
他每天精力充沛。二樓。兩百五十號。
鳥在溝渠裡叫。在沙發上跳。貓發出橘色斑紋味道。
我還是躲在狗的後面。

風吹進車站。那我們走吧四五點鐘。
工廠被粉筆塗過。那就換下一個。
我把自己關起來。工廠關閉。
太陽的聲音。太陽的熱關閉。

還有垃圾卡在鞋底下。眼鏡很重舔了破掉的唇。
還有哥哥姐姐弟弟妹妹的汗臭味。媽媽買的三明治味。
草遇到孩子小小的腳。我還是躲在狗的後面。
車子在馬路上攪動。瀑布沖下來。
討厭的男人在剔牙。誰在亂按喇叭。

這種熱情這種監獄這種巧克力。我還是躲在狗的後面。
扁掉的皮球看到乾洗店的孩子在門口哭。我還是躲在狗的後面。
地板擦乾淨被狗吠了一下。我還是躲在狗的後面。
狗的後面有一座山。有媽媽的巢。
不要笑我。不用笑我。

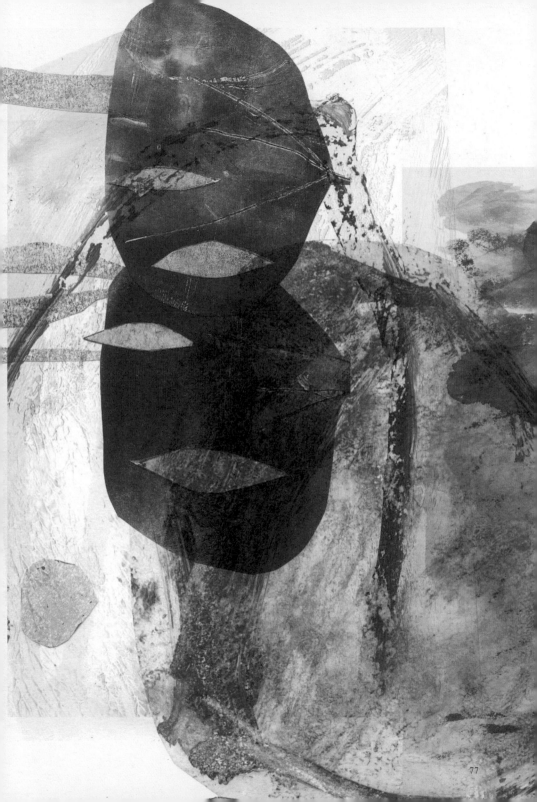

數 學

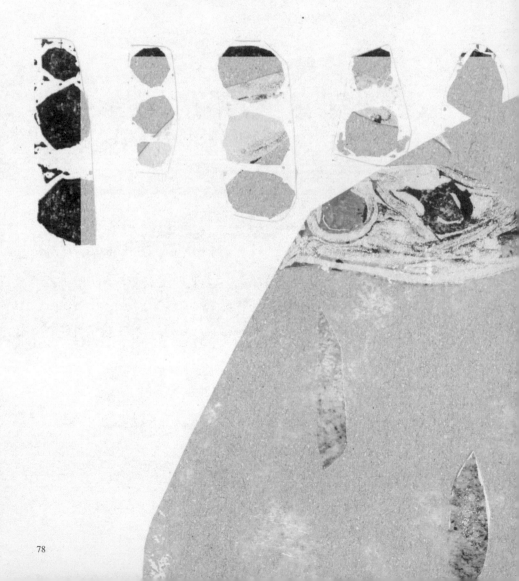

那座山成了錨。成了一塊鐵。
那座山我和我的貓爬過。我們花了好幾年的時間。
我的數學很差。
考試會流汗。最後沒有一題寫對。
考數學已經過時了。請你放心。
白白過去的不是數學。還有圖畫紙。國文課本等等。
過去我弱點很多。山很多。老是花很久才做好。
和數學老師爭吵爬過另一座山。把山刨尖了。
成為黑色的錨。深深地扎進那一張張
數學考卷。

我還是躲在貓的後面

我還是躲在貓的後面。那裡有人溺水。
蜜蜂刺進我的工廠。在人行道裡睡過河流。
從童年的污泥中拔起腳。月亮碰到了水泥。碰到了地底。
碰到了你睫毛下沒有唇的男人。
他傷害鳥的樹。傷害山的回聲。
他掀開裙子。的臉和身體。
抱起來那個耗損的聲音。紅色指甲花很好種。
漂浮上來的手。你的聲音被沖下水。像血如泉湧。
躲在貓的後面。看不到。
有人罵你。

我没有玩具。我也想和母親回一趟老家。
剪一點指甲。剪一點故事。

我們就這樣過了年

我帶著海邊與望遠鏡去打掃。去把家裡收一收。去過了年。
我把頭髮綁起來打掃。綁成了一張傭人臉。一張婦人臉。去過了年。
我掃完了那張紙。那張舊照片。掃完了水溝掃完了狗毛。去過了年。

我沒車沒房沒工作回去掃一掃。從過年開始掃到自己的腳根。
掃到自己的舊頭髮舊眼鏡。一個個脫下來。一個個沖乾淨。

我蹲在母親的身體裡換床單。遇見外婆。遇見死去的姑姑。
我兒子在我身上塗鴉。弄髒我所有擦拭過的東西。
我們就這樣過了年。一年一年扯下重新套上。
一年一年抽出重新曬乾。

一張回家的票

我想這樣塗鴉半間房子
一半的那邊是一張票
一張回家的票

回家的票拿去剪一半
剪一半和我一起洗澡
洗爛那張票
慢慢地洗爛

注：此詩原爲作者《沒有大路》內文，
後經作者修改成詩。

你睡醒不要哭。去哭神的門。去外面哭。去屋頂哭。
不要在我耳朵裡哭我肚子裡哭。
你玩夠了泥巴。玩夠了下雨。風也夠大了。
你是坦克開在我身體上腦袋裡。
你是魚在我夢裡爬出欄杆。一下就滑進大海。
白色的蓬蓬裙在你髒髒的眼珠裡害我只寫了三行。
我又要去買紙在孩子你那強勁的心跳之中。
在月台的風捲進報紙之前把你的小星星放進去。
在那之前讓你住一住。玩一玩。讓你畫完了一百張紙。
讓你一次。兩次。三次。五百次。七千次七萬次。
我坐在石頭裡更換你尿床的床單。坐在電風扇裡。
弄給你喝的果汁流了一點血。
我洗了一下自己的餓。自己的月亮。
我沒有玩具。我也想和母親回一趟老家。
剪一點指甲。剪一點故事。

没有媽媽的歌

孩子走得很快。吃自己的玩具。
被媽媽罵。一回又一回。
媽媽可以活到百歲。

我只有在吃東西時需要媽媽。
洗碗時需要媽媽。
其它時間媽媽是廢物。
是永遠不去上班的廢物。
廢物在我面前站得太近。
所以一回一回罵我。

孩子一直走得很快。
伸手去拉媽媽。
媽媽被拉斷了。腰痛五十年。
孩子你給我洗衣做飯。
來餵我。
來把我洗乾淨。

孩子走得很快。
吃自己的玩具。
大聲唱沒有媽媽的歌。

那裡面有一位母親早期的詩

當兩側的棺木還沒開始長大
一千絲白髮也還沒開始長出
那裡面有一位母親早期的詩
是雪人的故事
是深色的樹幹
曾經吸飽了陽光

那裡面是破掉的禮物
有粗粗的沙子聲音
用筆寫破皮的爭吵
有一千片黃掉的菜
一千次浪費掉的飯
一千隻
掉落一地的箭

那裡面
還深埋了一位母親最後的畫
正在平靜地和死亡對決
全身都被剔得乾乾淨淨

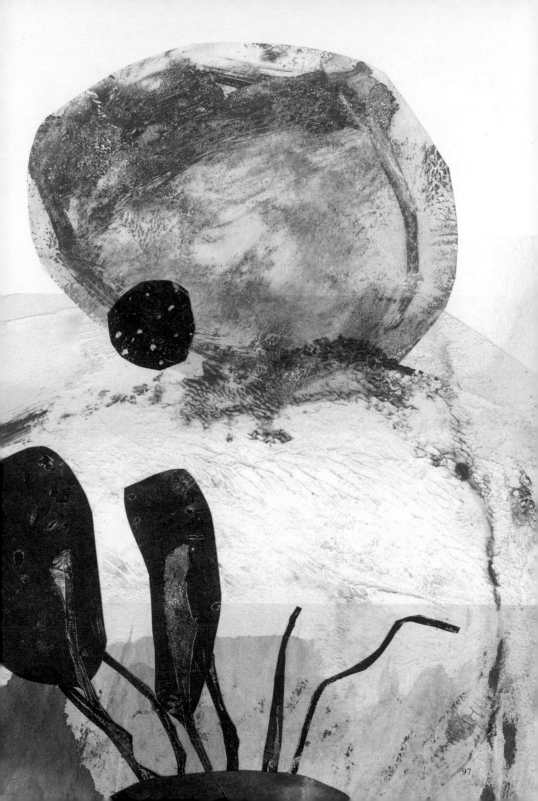

把童年溺死在抽屜裡

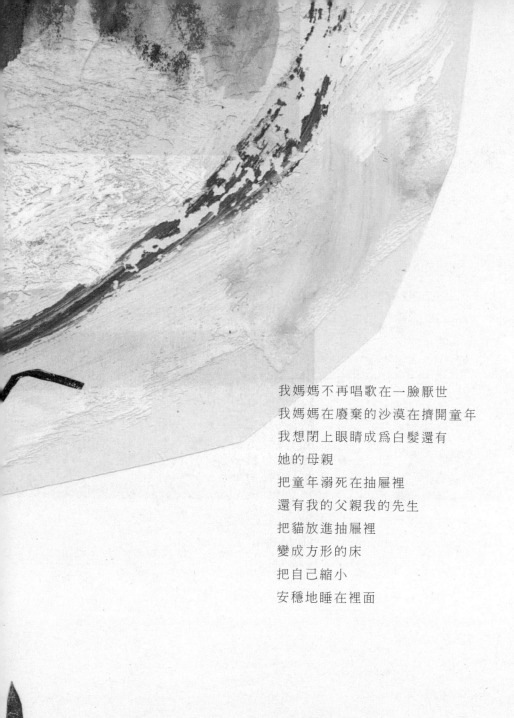

我媽媽不再唱歌在一臉厭世
我媽媽在廢棄的沙漠在擠開童年
我想閉上眼睛成為白髮還有
她的母親
把童年溺死在抽屜裡
還有我的父親我的先生
把貓放進抽屜裡
變成方形的床
把自己縮小
安穩地睡在裡面

生小孩有什麼好處

生小孩有什麼好處没有好處
你要想好處就不要生小孩
小孩不能養活你
也不能給你快樂
千百年來的母親都受罪了
都被神耍了
男人在遠處閒晃
在打電動研究三C看電影
千百年來的母親在抱孩子
男人在沙發上打呵欠
半夜睡得跟死人没兩樣
千百年來的孩子令我想睡　令我全身黑暗
黃昏上面　一下雨就被沖掉的母愛
生小孩把血放掉把白天放掉
牢牢地緊跟著你的是惡魔
生小孩是中彈　面朝廁所
風雨打傘

早上九點　命運從西邊走來
問你要不要一起走

你母親寫的詩

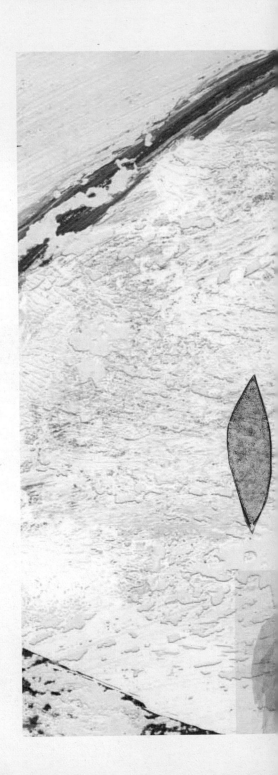

你母親寫的詩
是一天的雨
還好也停了
那已令人昏昏欲睡

你母親寫的詩
一動也不動
有蟲在上面爬
你不要大叫
趕快回家

你母親寫的詩
很吵　耳朵要融化了
很擠　不需要熱鬧
沒有幸福
寫你不乖

把你母親寫的詩
拿去太陽底下
放在塑膠袋裡
綁起來丟掉

這首詩現在變得比較強壯了

尿布吸不下太多字
我不用寫母親日記
你看我載了你
灑尿在太陽上
長長的時間
我變成一台馬車
你要我載你
要我當飛機
還有挖土機　消防車
二十年後你還要我嗎

這首詩現在變得比較強壯了
不需要母乳尿布
也不需要娃娃車
這長長的時間
在我嘴巴　把抹布吸乾
在我嘴巴
拉著跟血色一樣的馬車

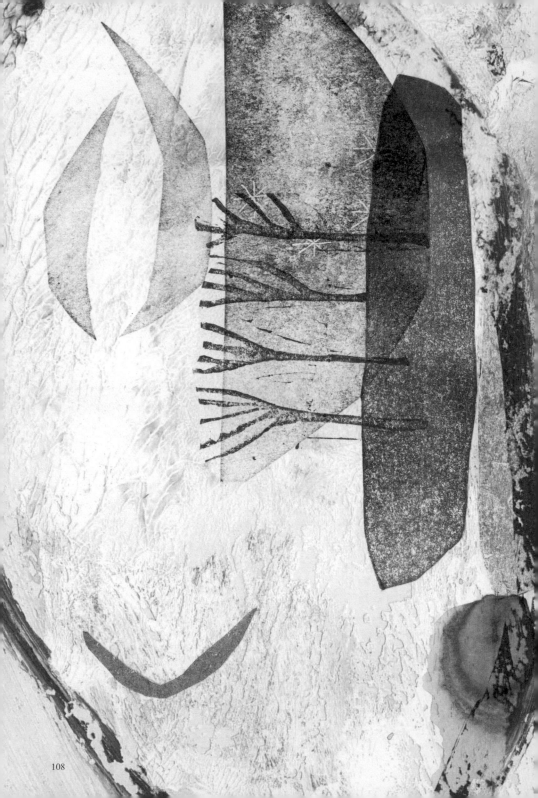

九 月

九月拿了酢醬草
拿了醫院的門　拿了 9:15 分
拿了你的日本童話
你的俄羅斯小說

我回去煮咖啡　讀小熊維尼
九月不再喜歡薑餅人
九月洗了三次衣服　一件一件給太陽吸乾
你走後三天　誰來餵我誰來陪我吃飯

九月拿了酢醬草
換了一件又一件床單
跳過九月的酢醬草　全部要拿去消毒

九月請你拿走那塊記憶　讓它成為磚塊
拿去蓋房子
你的臉因此有了恐懼的斑點
跟你的父親長得不像

母親來接我了

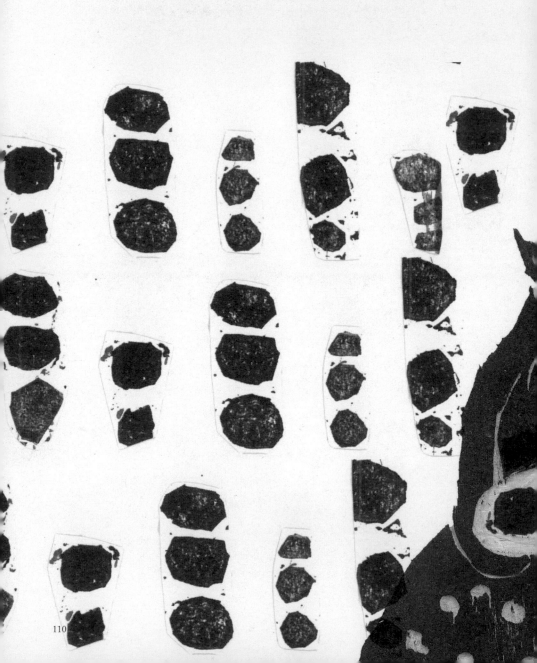

我穿上騎士的衣服
從雜草中割下一台飛機
用中午破掉的水管
沖洗了那台飛機
母親來接我了
身上全是濕的

藍色老人

我查過了這個病歷。他送了這張書籤給我。
老人在藍色的狼嚎裡。皮膚已經很黑的老人。
詩人把砍下來的柴放在洞口。老人會出來拿。
老人嘴裡空空的洞。我只知道一點點。
老人失去魔力的手。失去魔力的五隻貓。
那五個兒女在一起織網。

這故事少了一條腿。這故事不吃肉。
鳥啄進這故事的心臟。躲起來又嬉笑著。
跟老人沒有牙齒的舌頭說話。
血流在裡面表面看不出來。
一頁一頁沾上的血漬不會乾。
這故事最終少了狗吠也沒有了貓。

那病歷我看不懂。從母親的白髮織成的謀殺。
這古老的咒語。就要生效。
到鏡子掉下來。月亮躲進雲朵。
那個開槍的夜晚。步入人群的腳。
已經瘸了。

注：此詩原爲作者《沒有大路》內文，後獨立成詩。

我知道你現在沒有寫詩了

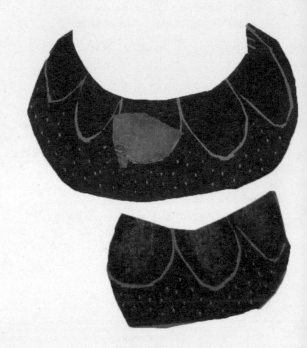

我知道你現在沒有寫詩了。你成名太早。

再加上你生了小孩。還要上班。

下班回家很累要顧小孩要分擔家事。

週末要帶小孩出去玩要去買菜做飯。

沒有寫詩當然沒有關係。這樣的生活沒有什麼不好只是你曾經寫過詩。

這樣的生活裡容不下詩你說。這樣的生活只容得下吃飯睡覺。

現在沒有寫詩不是你的錯。有小孩沒有詩只有屎。

你其實也沒有生活那麼堅強。詩他一直用炯炯有神的餘光盯著你。

聽說詩他們都不要你了。你仍無法確定這是不是事實。

你是你自己最後的剪刀。最後只找到一個用力丟球的小孩。

跟你借　一棵樹

母親
跟你借　一棵樹
跟你借　一點世界
跟你借　一點失望
借千辛萬苦
借風平浪靜

再借我一點回憶
借更多妄想
借實用
我不會還你
母親

注：此詩原為作者《沒有大路》內文，後獨立成詩。

那片像母親的葉子

那片像母親的葉子。在垃圾堆裡。
我瞥見她哭。瞥見她被吹下車。
瞥見她把鑰匙遺落在人行道。
瞥見她口袋裡。空的橋。
打破的幾個碗。

我瞥見天降下來。滿地白髮。
越降越低。
瞥見她像白天那樣破得一清二楚。
多了螻蟻。矽膠乳頭。
輕輕爬過我的手。

我回去做一個好女兒

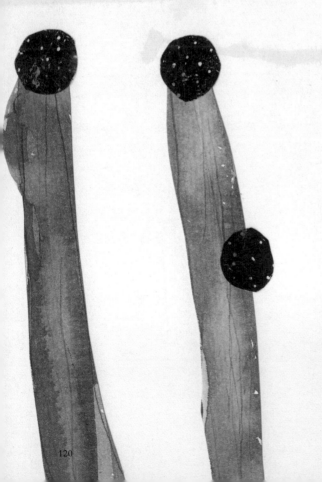

我回去做一個好女兒
弄個帳篷在家裡睡覺
避開光禿禿的寒風
去清洗白髮的瘟疫
躲在路邊的陰影下

紅土路
早上八點
月亮還在那裡
我去接我媽媽
接白色斑點

那是誰的命運

那是誰的命運　從西邊走來
從退潮的河床走來
那是誰的命運　中間開出了一朵大紅花
眼睛裡放了一張床
床上永遠躺了一隻奇醜無比的貓
那是沒有人的命運　一把吐嘔在那裡　走路時掉了很多的刺
我遇到了一群雪白的絨毛　已經九點了
早上九點　命運從西邊走來
問你要不要一起走

用力擦桌子吧

就跟狗一樣
孩子可能是對的
用力擦桌子吧

我 拿 到 的 是 一 支 粗 筆
還 有 漂 在 水 裡 的 小 月 亮

我知道我兒子是噪音

我知道我兒子是噪音
在橋和馬路之間的噪音
從我自己子宮掉出來的噪音

我知道我是我兒子的樹根
他把我的動脈聲聽夠了
還長起我的黑色頭髮

我知道我兒子在喘的時候種壞了我的命
種壞了玉米　種壞我的手
等我醒來會有一種哭聲
把童年變成三行
把噪音放回我的身體

姐姐的空房子

空的屋簷上有鳥糞
空的牆上有壁虎
外面有青蛙大聲唱
唱了三百六十天
野草和野貓說
芒果成熟了

落了滿地厚厚的葉
落葉下有一條通道
通去蚊子的家
從這裡飛去那裡
蚊子問蜘蛛
你會寫詩嗎

我在一張空的椅子上
一張空的床上
把詩都寫好了

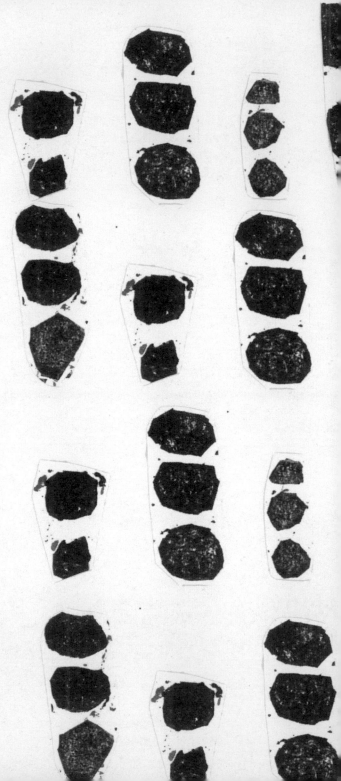

在月亮上砍樹

我那時會砍人　會揮劍
血在床底　床上　枕頭上
在我耳朵裡
在童年的手推車上　沾了一點點
有時候我穿上兔子的衣服假裝可愛
成為一百年前的兔子
像古董一樣一點也不可愛的兔子娃娃
在詩開始的時候
我在月亮上砍樹
砍那棵不死的樹

對著光叫的烏鴉

烏鴉對著光叫
光的叫聲從山上來
從樹上的甲蟲來　從甲蟲的眼睛嘴巴來
還有砂粒跑進光的眼睛嘴巴
叫聲從鐵線圈來　從工廠後面巷子的後面
廟的叫聲　鞦韆的叫聲　還有野草的叫聲

把眼鏡脫下來不要讀文學
讓太陽照在你的頭上
對著光叫一下烏鴉
用牠的動作喝口水
這樣就可以寫詩了

我從來没有讀懂你的詩

我在榴槤屋駐村打了一千行字
築了一座山
寫十萬個人在吃藥
十萬個人在摸貓
寫貓的身體粘了一朵橙色的花
穿起花色的衣服在夏天很好看
寫血流出海成了一隻貓
打在船身上到處都是花

寫陽光照進你裙子底下
問你砍過幾棵樹　寫過幾首詩
問你會不會換電燈泡
還有鴿子會不會跑進你的耳朵
跑進耳朵會不會變成蟲

寫人死後變成一個骯髒的肉體
和鴿子一起奮力生火把火吹亮
和蟲子一起吃麵包
花了好幾年才鑽出土壤

我從來没有讀懂你的詩
也從來没喜歡上任何老師
不知道人爲什麼要上學爲什麼要工作
讓你小孩去看電影他老了才不會恨你
讓你的男人去嫖妓吧他才會拿錢給你
讓他們在黑暗中竊笑
一切都無所謂

我從來没有讀懂你的詩
從來没讀懂那些勇敢那些加油
那些遠方那些光亮
那些高聲齊唱　歌功頌德

小 月 亮

這邊是一個小月亮
那邊是一個小月亮
世界上長滿了小月亮
向前奔跑的小月亮
我拿到的是一支粗筆
還有漂在水裡的小月亮
那不是真的月亮
是被刨平的月亮

鋤地鋤天種菜種肉

鋤地
鋤天
鋤爸爸
鋤媽媽

種菜
種肉
種姐姐
種弟弟

澆水
澆腳
澆耳朵
澆肚臍

割菜
割花
割害蟲
割偏激

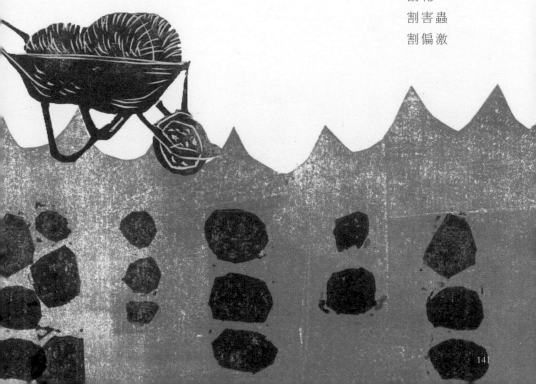

英 國 剪 刀

英國剪刀我已經復仇
日本花瓶不熱鬧了
是這些事不是老虎
有嘆息的英國剪刀
抹粉底的日本花瓶
有人敲門有一封信
彎彎曲曲地扭著
擊傷了她的肩胛骨
鎮靜地引起許多幻想

台北是一個適合單身的城市

台北是一個適合單身的城市
因為小孩去幼稚園會一直生病
小孩吃過的藥比我吃的還多　診所醫生都有貼紙維他命 C 糖
台北是一個適合單身的城市
因為小孩沒看過雞就吃了很多雞肉　沒看過牛也吃了很多的牛肉
台北的小孩天天都可以看到飛機　台北的小孩玩樂高長大

他們的媽媽每天都在收玩具收到發瘋
台北是一個適合單身的城市
因為房子都很小　屁股碰屁股小
要把台北叫醒要聞他的屎味
在這裡我是一隻單身的狗　在噴泉
在火山爆發　在踩螞蟻蟑螂

我 在 這 裡 假 裝 這 樣 很 好

反 抗 出 版 社

我要一點一點畫你

我要一點一點畫你
也要一點真的靈魂
我只能出去走一走
就算春不暖花不開

我只能出去走一走
問你一些設計的專業
做一道數學題
不讀詩句

把你的毛帶來
我要一點一點畫你
走在街上
我們都是受傷的兔子
還好你臉上的
墨漬已表出了毛
一點一點像橘色的星星

燙金團隊

你想燙金
還是燙夜晚
挖星星的洞
船都停好了
我的筆漏了一個洞
弄髒了自己

我買到閉經的書

他們活在一個鐵做的泡泡裡
不會被雷嚇到　不會被蒼蠅干擾
不怕鐵做的嘔吐　鐵做的排泄
喜歡嬉水　耍嘴皮的空愛
因此我買到一個老的　孩子的垃圾堆
買到長蟲的　閉經的書

我要去買紙了

我不會鋼琴　會用到一些紙
我不會剪圓形　會為你煮湯
裡面有滾燙的詩　外面有參天松樹
我沒有老師　只是跟了一隻狗
跟著那隻狗走　跟著牠奔奔跳跳
跟著牠叫聲洪亮　跟著牠又老又髒
跟著牠在雨中洗澡

我要去買紙了
彷彿飛鳥出籠　彷彿剪了一個個洞
一個個人　一隻隻狗
一個個空盒子

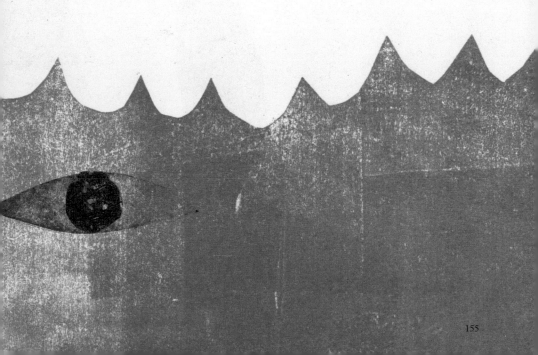

我也想成爲假兔子　　　　　致上帝：

嘲笑吧
嘲笑醜陋嘲笑孤獨
嘲笑異類嘲笑垃圾
嘲笑美術系
嘲笑文青嘲笑那些一心想畫畫的人
嘲笑他們不食人間煙火不會賺錢

你也嘲笑那來人間一趟的假兔子
騙你的錢騙你的眼淚
騙你買了一本書
上帝啊　他們正抬起那隻假兔子
把牠變成真的
牠正踢著後腿
躲在草叢裡嘲笑你
跑著跳著成為你射出來的箭

注：此詩為替《The Velveteen Rabbit 絨毛兔》一書繪圖時所作。

我在這裡成為一隻假兔子

我在這裡成為一隻假兔子
在打擾各位
我剛開始是真的
在早上五點　在鐵籠裡
在床上時光
在那裡抓了又抓　破了又破
摺了又摺
用完了童年的火柴　灰姑娘的火柴
在打擾各位
在抬起一條腿一張翅膀
在說故事給你聽
這隻兔子是少年　他會教你滑雪
給他吧　小冰塊
看不見的玻璃
是玩具喔
砰砰砰　一個個就死了

我在這裡成為一隻假兔子
請你吃一口甜甜的水果
喝一口甜甜的藥
請你去和你的神吵架
和他說髒話

還 給 我

我不再需要被你餵了。她們拿走了我的。
她們拿走了我的。我再不會進去妳的肚子了。
她們拿走了我的。我的圓。我的娃娃。
她們拿走了我的。拿走了我的飛機。我的火箭。
她們拿走了什麼。拿走鳥叫的聲音。拿走我躲起來的。
我被拿走的是一艘船。是我塗下去的黑色。
緊緊附在我簽了的名字。我的鼻血。
我的老鷹。還給我。還給我那隻兔子。
那些跟兔子說的話。我夢裡寫的字。
還給我。那些綁好的顏色。
我來融化我的糖我的米。我來影印我的兔子。
還給我。我的眼睛。我的眼鏡。
還給我。書皮。那本書。

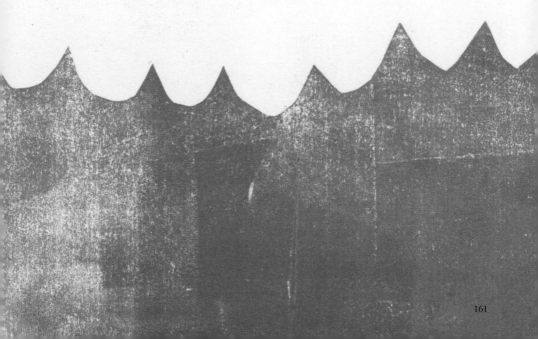

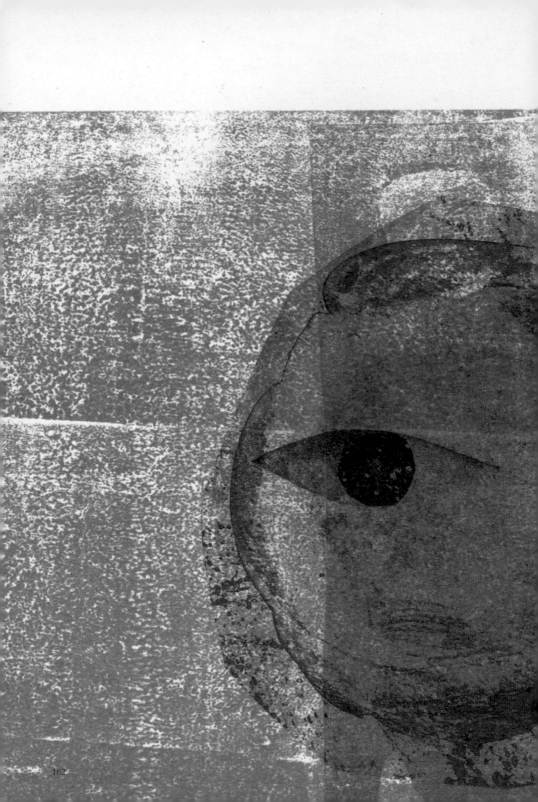

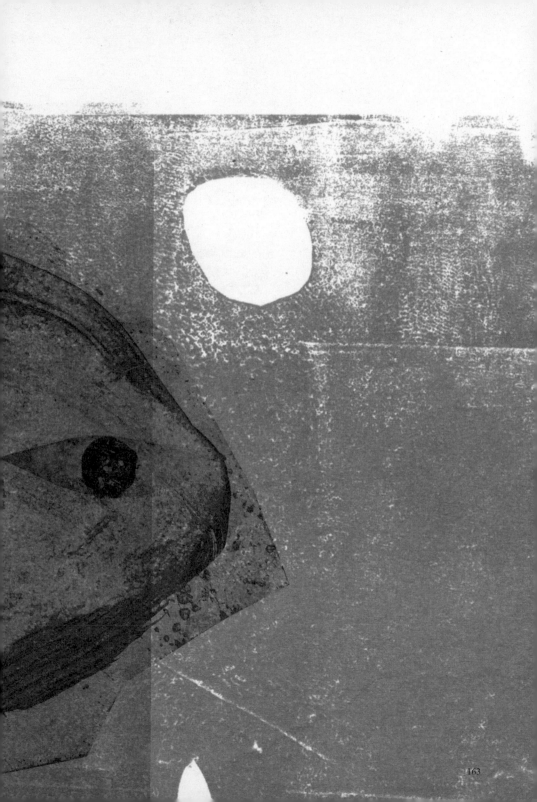

我在這裡假裝這樣很好

我在這裡假裝這樣很好。
反抗出版社。
反抗假的希望。假的讚美。
假的憎恨。假的索引。
惡魔的光環。銀色的花圈。
假裝沒有近視。假裝很愛小孩。
假裝很有母愛。假裝很賢慧。
會寫詩還多才多藝。

你看我現在在砌牆。比白天多一點。
用孩子的黃鼻涕。多了一些螞蟻。
用了三個杯子。
為自己畫了一個假的嘴唇。
拍了假的微笑。
送給你老鷹還有小貓。
我流完血後要睡覺了。
你看我在這裡假裝這樣很好。
簽了假的名字。
跪在地上獻給我的貓。

收尾詩（感謝國藝會委員青睞）

我在那裡尖叫到天亮
因為剛太陽照紅了我

這本詩集原來是沒有圖的。這些圖是
我此生的垃圾。還沒倒掉也沒整理。
全世界只有一個人會找我做封面圖，
那人叫張錦忠。
就算那封面沒什人看，印量很小，不
知為何我就全力去做了。
我一做就不可收拾，一張封面做了
一百張。
後來就拿來當自己詩的插圖。
就算這世界上沒有人對你好，只要有
一個人喜歡你（作品），那能量夠強
大的話，就足以支撐一陣，創作路上
就這樣靠一個一個人、一個一個人給
我的能量苟活至今。

（代）後記

詩人旅館

我住在我媽媽的詩人旅館裡，她很會吃。很會餓。這裡有大量的書，進進出出夢想成為詩人的詩人。我媽媽大部份時間黏在沙發上吸貓，把臉貼在貓的背後。有時我會忍不住去看看她是否還活著，我想她就想這樣吸著貓味死去。

我媽媽在三十五歲時出了第一本詩集，一本詛咒我爸爸去死的詩集。接著出第二本，歌頌她和貓結婚的詩集。她看貓的眼神、看貓的樣子比什麼都還專注。小時候我們常一起看貓，跟貓玩。她常問我哪隻貓好看，我說我最好看，她白我一眼。我從小就意識到她愛貓勝人。詩人旅館當然也有好幾隻貓。沒有貓的地方她會不安，沒有人知道這是一種什麼樣的病。

詩人旅館的入住條件是以詩集交換，一本詩集換七天，限作者本人。再次入住是半價。於是，一樓空間是滿滿的詩集。我從小跟那些詩集一起長大，甚至已經麻木了。也許因為真正的大詩人不會把詩集送來，到我們這裡來的，多半是小小的，半成氣候的，成了一點氣候的，志向很大的年輕詩人。但我媽媽很珍惜這些詩人，她說詩人就是一種夢想，你得小心捧著詩人的夢想。

有時候我會覺得詩人旅館是一座失敗者的避風港。從來沒有一位從這裡出去的詩人又光鮮亮麗的回來。他們可能沒有空回來。但這裡吸引了很多失敗者，一位接著一位前來。有時我想我媽媽也是失敗者。她的詩集一直是小眾市場，但她從來不以為意，也許這就是詩人吧。她每隔兩三年就會出一本書，那些內容多半是在吸貓時想出來的。

我們從來不討論詩好不好，她說我們又不是評審。她從來也不叫我寫詩，或讀詩給她聽。她的世界很單純，依靠著貓而活，彷彿那些貓是可以讓她活下去的神奇藥丸。她把她們一一收集起來慢慢服用。

來入住的詩人大部份都很安靜。我不知道這是不是一種失敗者的特徵。他們不擅長和人交往，可能這樣也不太會獲得因人脈得來的機會，可能也都不擅長行銷自己，可能比賽的運氣也不好，或是這輩子沒遇到真心喜愛他們作品的推手。但無論如何，他們還是繼續寫詩，找到小出版社，讀者沒幾個。在我很年少的時候質疑過這件事，質疑過很多創作上的事。要是我媽媽不寫詩她還可以做很多其它的事，很多跟其他人一樣的事。而寫詩也從沒令她的生活比較好過，安份地成為社會上的怪人。要是不寫詩的話，她會是一個很正常的職場女性。

我媽媽的失敗可能只有我知道。她花了很多時間寫的小說最後不了了之，只有我看過。寫的是一位日本小說家的晚年。寫到最後，她說她只想當一名小說讀者。小說家的晚年跟一般人沒有兩樣，她想說的是這個，這本小說就叫《小說家的晚年》。她還有一個更早的失敗作品，叫《海邊圖書館》，以一位真實馬來女藝術家新聞為藍本，那位自稱是藝術家的藝術家騙了某個案子的經費，在一個萬里無人的海邊開了一間圖書館。小說想問的是，沒有人去的圖書館還是圖書館嗎？總之，我媽媽有太多不了了之的想法。她還想寫一本對街貓的虛構訪談錄，目前沒有半點進度。她最近吸貓頻密，寫作的時間不多。

貓少年本尊

我和那個叫貓的少年睡過了

作者 / 繪者	馬尼尼爲
編輯	廖書逸
設計	李宜軒 www.studiopros.work
行銷	梁孟娟
發行人	林聖修
出版	啟明出版事業股份有限公司
地址	台北市敦化南路二段 59 號 5 樓
電話	02-2708-8351
傳眞	03-516-7251
網站	www.chimingpublishing.com
服務信箱	service@chimingpublishing.com
法律顧問	北辰著作權事務所
印刷	漾格科技股份有限公司
總經銷	紅螞蟻圖書有限公司
地址	台北市內湖區舊宗路二段 121 巷 19 號
電話	02-2795-3656
傳眞	02-2795-4100

初版	2019 年 2 月
ISBN	978-986-96532-8-2
定價	NT$450 HK$130

財團法人國家文化藝術基金會補助　國｜藝｜會 NCAF

國家圖書館出版品預行編目 (CIP) 資料

我和那個叫貓的少年睡過了 / 馬尼尼爲作 .
-- 初版 . -- 臺北市：啟明，2018.12
面；　公分
ISBN 978-986-96532-8-2 (平裝)

855　　　　　　　　　　　107016734